DIRTY ROSE

SCÉNARIO
MARZENA SOWA

DESSIN ET COULEUR
BENOÎT BLARY

DELCOURT

Merci à Louis-Antoine, mon éditeur, dont la foi inébranlable dans cette histoire a été le moteur premier pour aller jusqu'à son bout.
Merci à Lorène pour son oeil attentif et ses suggestions toujours judicieuses et éclairantes.
Merci à Benoît de s'être laissé embarquer dans ce voyage à travers les plaines de Wyoming.
And last but not least, my deepest gratitude goes to Rose, whose real-life story sparked the creation of this project and who remains to this day one of my super heroines.

Marzena

De Benoît Blary, chez le même éditeur :
• *Vies tranchées* - scénario de Morvan et Le Gal
• *Octobre 17* - scénario de Rotman

Aux Éditions Casterman :
• *Virginia* (trois volumes) - scénario de Gauthier

Aux Éditions Jungle :
• *Dans les coulisses du champagne* - scénario de L'Hermenier

Aux Éditions Kotoji :
• *Petites histoires de la Grande Guerre* - scénario de Kris

Aux Éditions Le Lombard :
• *20 ans de guerre* - scénario de Loiselet
• *Sigurd & Vigdis* (deux volumes) - scénario de Loiselet
• *Legio Nostra* - scénario de Loiselet

Aux Éditions Le Long Bec :
• *Virginia* (intégrale) - scénario de Gauthier

Aux Éditions Passés composés :
• *Cutshin Creek* - scénario de Gauthier
• *13 batailles* - scénario de Dobbs

Aux Éditions Philéas :
• *L'Alibi* - scénario de Galandon

Aux Éditions Quadrants :
• *Le Vieux docteur* - scénario de Piatzsek
• *L'Homme qui aimait les plantes* - scénario de Piatzszek

Aux Éditions Steinkis :
• *Le Bruit de la machine à écrire* - scénario de Loiselet

De Marzena Sowa, aux Éditions Dupuis :
• *Marzi* (sept volumes) - dessin de Savoia
• *N'embrassez pas qui vous voulez* - dessin de Revel
• *L'Insurrection de Varsovie, avant l'orage* - dessin de Gawronkiewicz
• *Petit pays* - adaptation du roman éponyme de Gaël Faye - dessin de Savoia

Aux Éditions Dargaud :
• *Vivian Maier, claire-obscure* - dessin de Plateau

Aux Éditions Gallimard :
• *Hey Djo !* - dessin de Delinte

Aux Éditions La Pastèque :
• *La Grande Métamorphose de Théo* - dessin de Delinte
• *La Petite Évasion* - dessin de de Monfreid
• *Hibou Abasourdi* - dessin de Lorho

Aux Éditions Bamboo :
• *Histoire de poireaux, de vélos, d'amour et autres phénomènes* - dessin de Soleilhac

© Marzena Sowa, Wyoming, 2015

Des prémisses aux coulisses, scannez ce qrcode pour découvrir le making-of de DIRTY ROSE en réalité augmentée.

Page 43 : extrait de *Get Along Home, Cindy*, un standard folk américain.

Éditeur : Louis-Antoine Dujardin

Dépôt légal : août 2024. ISBN : 978-2-413-04444-4
Première édition

Lettrage : Philippe Marlu

Conception graphique : Studio Delcourt/Soleil - François Lecocq

Achevé d'imprimer en juillet 2024
Sur les presses de l'imprimerie Delabie-Lesaffre, à Mouscron, Belgique

www.editions-delcourt.fr

01.

IT RAINED FIVE DAYS
AND THE SKY TURNED
BLACK AS NIGHT...
6:40
STOP
LINEN

♩♪♪.
THERE'S SOME TROUBLE TAKING PLACE, CAUSING QUITE A FRIGHT.
DRIIING!
DRIIII
BONJOUR, TOM, JE NE TE RÉVEILLE PAS ?
BONJOUR... ?
C'EST EDITH.
AH, BONJOUR, EDITH.
C'ÉTAIT BIEN, CETTE PREMIÈRE NUIT CHEZ NOUS ?
C'ÉTAIT PARFAIT...
... MERCI.
03.

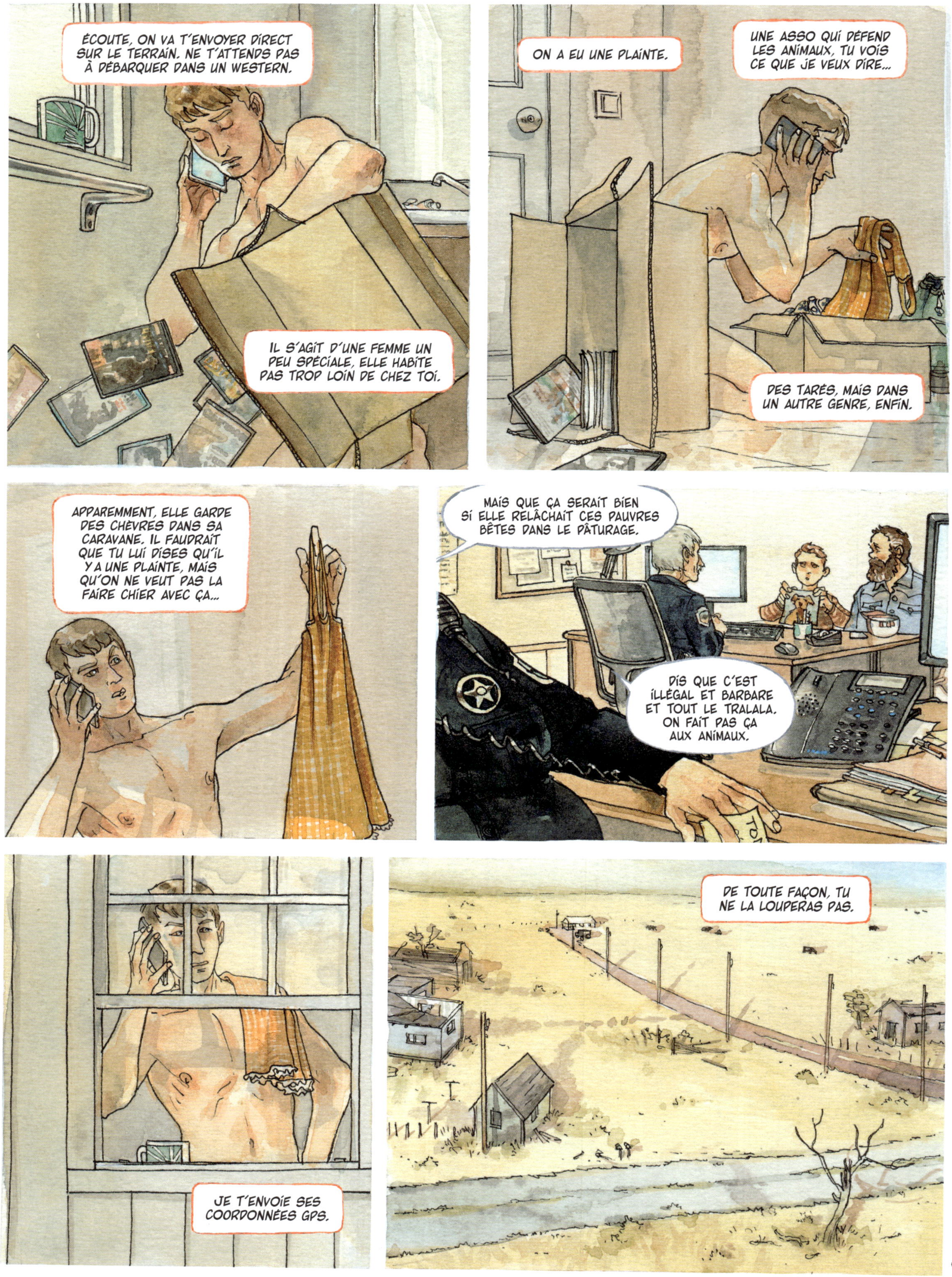
ÉCOUTE, ON VA T'ENVOYER DIRECT SUR LE TERRAIN. NE T'ATTENDS PAS À DÉBARQUER DANS UN WESTERN.
IL S'AGIT D'UNE FEMME UN PEU SPÉCIALE, ELLE HABITE PAS TROP LOIN DE CHEZ TOI.
ON A EU UNE PLAINTE.
UNE ASSO QUI DÉFEND LES ANIMAUX, TU VOIS CE QUE JE VEUX DIRE...
DES TARÉS, MAIS DANS UN AUTRE GENRE, ENFIN.
APPAREMMENT, ELLE GARDE DES CHÈVRES DANS SA CARAVANE. IL FAUDRAIT QUE TU LUI DISES QU'IL Y A UNE PLAINTE, MAIS QU'ON NE VEUT PAS LA FAIRE CHIER AVEC ÇA...
MAIS QUE ÇA SERAIT BIEN SI ELLE RELÂCHAIT CES PAUVRES BÊTES DANS LE PÂTURAGE.
DIS QUE C'EST ILLÉGAL ET BARBARE ET TOUT LE TRALALA. ON FAIT PAS ÇA AUX ANIMAUX.
JE T'ENVOIE SES COORDONNÉES GPS.
DE TOUTE FAÇON, TU NE LA LOUPERAS PAS.

04.

IL EST ÂGÉ, TON CHIEN ?
NON.
Si. IL A DOUZE ANS.
HM. AVEC CES PHOTOS QUE TU AS COLLÉES PARTOUT, JE SUIS SÛR QU'ON LE RETROUVERA. NE T'INQUIÈTE PAS.
UNE FEMME UN PEU SPÉCIALE, HEIN. UNE TARÉE DE PREMIÈRE. ON VA VOIR COMMENT IL ASSURE, LE NOUVEAU.
TOI, QUAND T'ES ARRIVÉ L'AN PASSÉ, JE ME SOUVIENS PAS QU'ON T'AIT ENVOYÉ CHEZ ELLE AU PREMIER FEU.
MOI JE SUIS D'ICI, C'EST DIFFÉRENT. JE LA CONNAIS DEPUIS GAMIN.
ELLE AVAIT UN CORBEAU APPRIVOISÉ SUR L'ÉPAULE.
ON AVAIT PEUR DE LUI AUSSI.
JE ME RAPPELLE QU'UN JOUR ELLE EST VENUE CHERCHER JEAN À L'ÉCOLE. ELLE ÉTAIT SEINS NUS, IMAGINEZ ÇA ! ELLE VIENT CHERCHER SA GOSSE, À POIL !
BON, ELLE EST PAS SORTIE DE LA VOITURE, MAIS DÈS QU'ON A SU ÇA, ON ÉTAIT FOUS !
TU RACONTES CE GENRE DE TRUC À DES GARÇONS DE CET ÂGE-LÀ, ET LES VOILÀ À S'EXCITER COMME DES VERS DE TERRE SOUS LA PLUIE.
CETTE FEMME POSSÉDERA TOUJOURS UNE AURA INCROYABLE.
BOB, T'AS DU MAL À DIRE À UN GOSSE QUE SON CHIEN A PROBABLEMENT CREVÉ DANS UN COIN MAIS DÈS QU'IL S'AGIT DE L'AURA DES FEMMES, TU LA RAMÈNES DIRECT.
LE JEUNE NOUS ARRIVE DE CHICAGO. S'IL NE SE DÉBROUILLE PAS ICI, IL EST FAIT POUR NULLE PART.
OUI, MAIS ICI, ON EST AU FAR-WEST, PAS LE MÊME MONDE, PAS LES MÊMES RÈGLES.
LAISSONS-LE FAIRE. QU'IL NOUS MONTRE DE QUOI IL EST CAPABLE.
CE N'EST QU'UNE FEMME, APRÈS TOUT.

♩♪♫♩.
NOW I GOT THE CRAZY BLUES SINCE MY BABY WENT AWAY...
I AIN'T GOT NO TIME TO LOSE I MUST FIND HER TODAY... ♩♪♩.
VOUS ÊTES ARRIVÉ À DESTINATION.
HELLO ? IL Y A QUELQU'UN ? MADAME SHAW ?
MADAME SHAW ?
TA GUEULE, BOO !
OUAIS, JE SAIS, JE SAIS, MOI NON PLUS J'AIME PAS LES FLICS. QU'EST-CE QUE TU CROIS ! MAIS FERME-LA. TU NOUS CASSES LES OREILLES.
OH, ET PUIS C'EST BON.
06.

MADAME SHAW ?
BON.
OKAY.
SALUT, TOI.
C'EST QUI, LUI ?
ÇA DOIT ÊTRE LE NOUVEAU.
ILS ENVOIENT LE NOUVEAU CHEZ ROSE. ILS VONT M'ENTENDRE !

TOM BRODOWSKI ! BIENVENUE AU COMMISSARIAT DE BUFFALO.
JE SUIS REYNOLD.
BONJOUR, TOM. JE SUIS BOB.
EDITH, MA COPILOTE, DANS LE TRAVAIL ET DANS LA VIE.
MOI, C'EST WILLIAM.
VOICI TON BADGE. ET TON BUREAU. TU AS TON ARME LÀ-DEDANS. JE NE SAIS PAS SI C'EST LA MÊME QUE TU AVAIS À CHICAGO. MAIS C'EST DU BON MATÉRIEL. FAIS-EN BON USAGE.
MERCI, MERCI BEAUCOUP.
TES CARTONS SONT ARRIVÉS AVANT TOI. ON ÉTAIT TENTÉS DE LES OUVRIR. TU VERRAS, ICI, À CÔTÉ DE CHICAGO, PAS GRAND-CHOSE NE SE PASSE. ALORS ON S'EST DIT QUE LES OUVRIR NOUS APPORTERAIT PEUT-ÊTRE DE L'AIR FRAIS, HAHA. MAIS ON N'EST PAS DES FOUINEURS ! ET PUIS C'EST TOI NOTRE AIR FRAIS.
REVENONS À NOS MOUTONS. TU AS PU INTERVENIR CHEZ MADAME SHAW ?
NON, PAS VRAIMENT.
ELLE N'ÉTAIT PAS LÀ ?
QUELQU'UN ÉTAIT LÀ, IL A LÂCHÉ LE CHIEN.
ET TU AS EU PEUR DU CHIEN ?

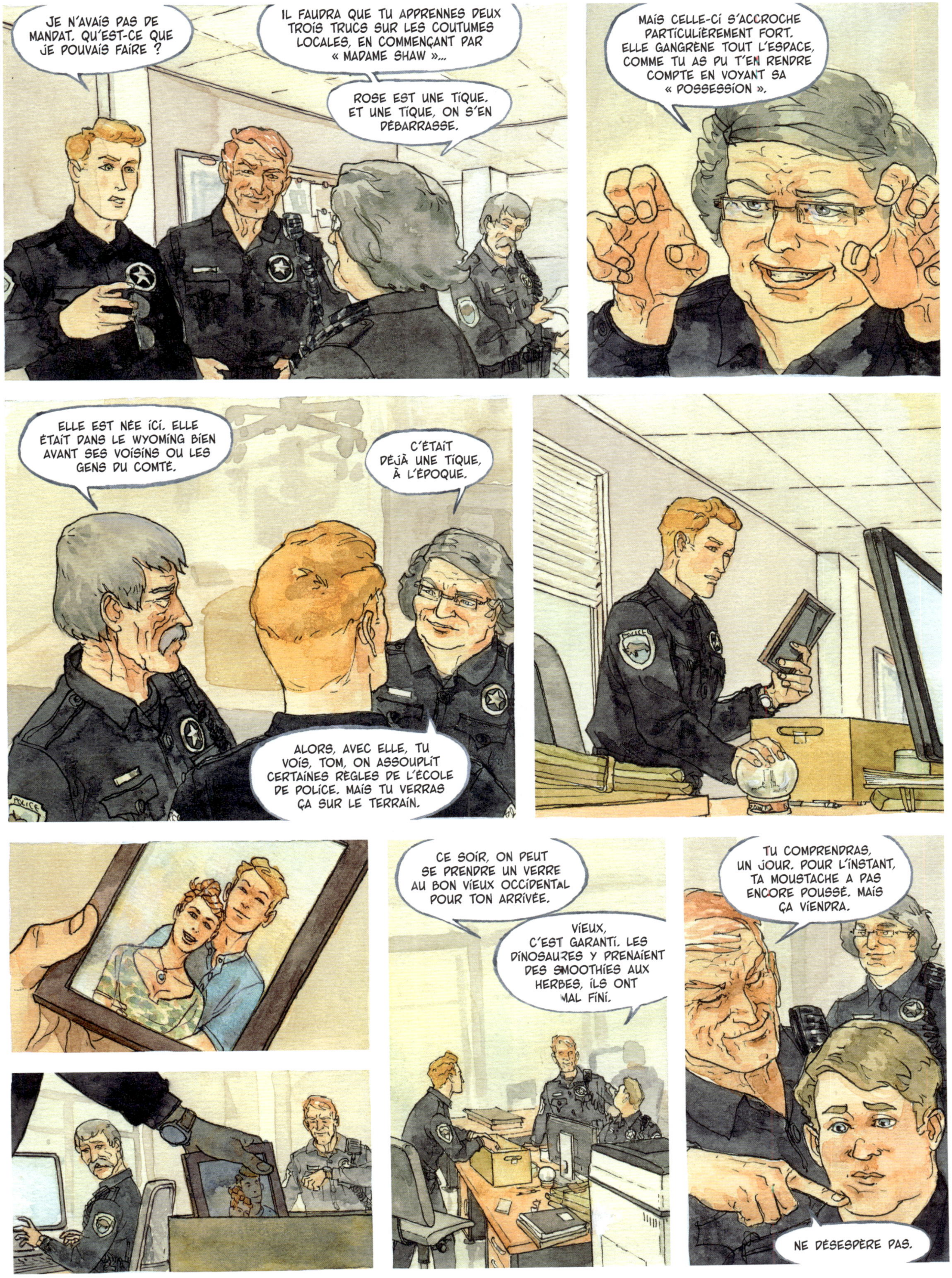
JE N'AVAIS PAS DE MANDAT. QU'EST-CE QUE JE POUVAIS FAIRE ?
IL FAUDRA QUE TU APPRENNES DEUX TROIS TRUCS SUR LES COUTUMES LOCALES, EN COMMENÇANT PAR « MADAME SHAW »...
ROSE EST UNE TIQUE. ET UNE TIQUE, ON S'EN DÉBARRASSE.
MAIS CELLE-CI S'ACCROCHE PARTICULIÈREMENT FORT. ELLE GANGRÈNE TOUT L'ESPACE, COMME TU AS PU T'EN RENDRE COMPTE EN VOYANT SA « POSSESSION ».
ELLE EST NÉE ICI. ELLE ÉTAIT DANS LE WYOMING BIEN AVANT SES VOISINS OU LES GENS DU COMTÉ.
C'ÉTAIT DÉJÀ UNE TIQUE, À L'ÉPOQUE.
ALORS, AVEC ELLE, TU VOIS, TOM, ON ASSOUPLIT CERTAINES RÈGLES DE L'ÉCOLE DE POLICE. MAIS TU VERRAS ÇA SUR LE TERRAIN.
CE SOIR, ON PEUT SE PRENDRE UN VERRE AU BON VIEUX OCCIDENTAL POUR TON ARRIVÉE.
VIEUX, C'EST GARANTI. LES DINOSAURES Y PRENAIENT DES SMOOTHIES AUX HERBES, ILS ONT MAL FINI.
TU COMPRENDRAS, UN JOUR. POUR L'INSTANT, TA MOUSTACHE A PAS ENCORE POUSSÉ. MAIS ÇA VIENDRA.
NE DÉSESPÈRE PAS.

JE VOUS PRÉSENTE TOM, LA NOUVELLE RECRUE.
OCCIDENTAL HOTEL
IL NOUS ARRIVE DE CHICAGO.
AVEC LUI, NOS NUITS SERONT PLUS TRANQUILLES.
OU PAS !
TSSST, SERS-NOUS DEUX BIÈRES PLUTÔT QUE DE RACONTER DES SORNETTES.
ICI ON SE CONNAÎT TOUS. C'EST COMME UNE GRANDE FAMILLE.
IL Y A DES TRUCS QUI CLOCHENT. IL Y A DES... CONFLITS... MAIS PERSONNE NE PART...
C'EST UN PEU LE PROBLÈME.
LA TERRE, ON Y EST TELLEMENT ATTACHÉS. POUR LE MEILLEUR ET POUR LE PIRE.
C'EST POUR ÇA QUE TE VOIR DÉBARQUER DE LA GRANDE VILLE, ÇA NOUS SEMBLE INVRAISEMBLABLE.
REGARDE-LES. TU LES CONNAÎTRAS BIENTÔT PAR CŒUR.
AU FAIT, TA FIANCÉE ARRIVE QUAND ?

♫♩♪♩.
THE NIGHT IS HOT, THE NIGHT IS BRIGHT. THE STARS ARE SHOWING YOU THE WAY TO YOUR LOVELY LADY.
EDITH, SWEETHEART, TU NE DORS PAS ENCORE ? TU M'ATTENDAIS.
C'EST DUR D'ÊTRE UN COW-BOY. PFFT.
EDITH ? TU DORS, MON AMOUR ?
ET VOUS, LÀ, ARRÊTEZ DE ME JUGER. VOS GUEULES, PUTAIN !
IL ME FAUDRAIT UN ROCKING-CHAIR ET UNE PIPE, ET ÇA Y EST, JE SUIS INSTALLÉ.
CE CIEL.
HELEN. LE CIEL EST FABULEUX.
C'EST NUL. ON VOIT QUE DALLE.
MAIS C'EST BEAU. IL FAUT ÊTRE LÀ POUR LE VIVRE.

11.

T'AS AIMÉ L'OCCIDENTAL ?
C'ÉTAIT SYMPA, OUI.
ÉCOUTE, ON PEUT MIEUX FAIRE.
IL N'Y A PAS MIEUX.
JE T'EMMÈNE VOIR UN CONCERT À CHEYENNE SAMEDI SOIR.
ÇA VA ÊTRE DU TONNERRE !
OUI, C'EST ÇA. TOUT LE MONDE VA SE FAIRE ÉLECTROCUTER. ÇA VA ÊTRE GÉNIAL.
BONJOUR. JE SUIS ASHLEY CARLTON, POUR ANIMALS RESCUE. JE VOUS AI APPELÉS IL Y A QUELQUES JOURS.
AH OUI, L'HISTOIRE DES CHÈVRES.
NE VOUS INSTALLEZ PAS. ON PART RÉGLER CETTE AFFAIRE TOUT DE SUITE.
TU VIENS AVEC MOI, TU VAS VOIR COMMENT ON GÈRE CE GENRE DE SITUATION.

COMMENT VOUS ÊTES AU COURANT, POUR LES CHÈVRES ?
DES VOISINS.
CONNIE ET BOYLE ?
NON, DAVID GREY.
TOUT LE MONDE EST LIGUÉ CONTRE ELLE ?
CORRECT.
ELLE N'A PAS BEAUCOUP DE CHEERLEADERS DANS LE COIN.
ROSE, JE SAIS QUE TU ES LÀ ET QUE TU NOUS ENTENDS. ON A APPRIS QUE TU AVAIS DES CHÈVRES DANS TA CARAVANE.
EST-CE QUE TU SAIS QUE C'EST PAS BIEN POUR UN ANIMAL COMME UNE CHÈVRE D'ÊTRE ENFERMÉ ?
ELLE S'EN MOQUE COMPLÈTEMENT.
ELLE SE FOUT DE LEUR GUEULE, BIEN SÛR QU'ELLE EST LÀ.
ON VA ENTRER, ROSE. ON S'INQUIÈTE POUR TOI. ON VIENT AVEC DE BONNES INTENTIONS ET POUR TOI ET POUR TES ANIMAUX.
TU RESTES ICI. ELLE PEUT TIRER À N'IMPORTE QUEL MOMENT. COUVRE-MOI, MAIS DISCRÈTEMENT.
SOIS PRÊT À TOUT, OK ?
13.

ROSE ?
JE VIENS AVEC VOUS.
C'EST À VOS RISQUES ET PÉRILS.
ELLE VA LES DÉGOMMER. MAIS C'EST BIEN, ÇA.
C'EST TRÈS BIEN.

QU'EST-CE QU'ELLES FOUTENT LÀ-DEDANS ?
PEUT-ÊTRE QU'ELLE N'EST PAS LÀ ?
SI, SI. JE NE L'AI PAS VUE PARTIR. ELLE EST LÀ.
IL N'Y A PAS DE COUPS DE FEU ?
RIEN.
PEUT-ÊTRE QU'ELLE LES A EUES AU COUTEAU ?
HM. ATTENDS, ELLES SORTENT !
VIVANTES ?
OUI.
OUI, ELLES SORTENT. COMME SI DE RIEN N'ÉTAIT.
COMMENT ÇA, COMME SI DE RIEN N'ÉTAIT ?! C'EST DES FOUTAISES !
ÉCOUTE, DAVID, OUI, ELLES SORTENT. ACHÈTE-TOI DES JUMELLES ET TU VERRAS TOI-MÊME !
L'ENQUÊTE DE TERRAIN EST TERMINÉE. ON PEUT PARTIR.
ELLE N'ENFREINT AUCUNE LOI. L'ANIMAL, CAR CE N'EST PAS UN TROUPEAU COMME LE SUGGÉRAIT DAVID...
LA PROCHAINE FOIS, VÉRIFIEZ BIEN VOS SOURCES, CHÈRE DAME !
... SE PORTE TRÈS BIEN. RIEN NE LUI MANQUE ICI ET ROSE SOIGNE SA PATTE BLESSÉE.
LA CHÈVRE REJOINDRA LE TROUPEAU DÈS QU'ELLE IRA MIEUX.
AU REVOIR.
TU ME FAIS UN RAPPORT DE TOUT ÇA.
15.

UN HOMME EN ÉTAT D'ÉBRIÉTÉ AU VOLANT D'UNE DODGE VERTE A ÉTÉ APERÇU SUR LA 333.
WILLIAM, TU T'Y COLLES.
ON SAIT QUI C'EST ?
VU LA DESCRIPTION, ÇA POURRAIT ÊTRE RODRIGO MENDEZ.
TOUJOURS LES MÊMES.
C'EST UN BAGARREUR DE PREMIÈRE, LE MENDEZ.
ON N'EST PAS SÛRS QUE CE SOIT LUI.
BON, J'AI BESOIN D'AIR. J'Y VAIS MOI-MÊME CHOPER CE MENDEZ. POUR LA DERNIÈRE FOIS, JE VOUS LE DIS.
VOILÀ LE DOSSIER DE MADAME SHAW. AJOUTE TON RAPPORT.
C'EST UNE AFFAIRE FRAÎCHE ?
C'EST TOUJOURS FRAIS AVEC ROSE.
ENLÈVEMENT, BRAQUAGE, VOL À MAIN ARMÉE, CONDUITE EN ÉTAT D'ÉBRIÉTÉ, AGRESSIVITÉ ENVERS UN OFFICIER DE POLICE.
EH OUI, MADAME SHAW EST UN ROMAN EN SOI...
... MAL ÉCRIT ET QUE PERSONNE NE LIRA JAMAIS.
15.

ÇA SERA BIENTÔT FINI. ELLE VA SE FAIRE EXPROPRIER À LA FIN DU MOIS.
DES BULLDOZERS VONT VENIR DÉBLAYER SON BORDEL ET LE COMTÉ VA ENTAMER L'ASSAINISSEMENT DU TERRAIN. VIVEMENT CE JOUR-LÀ ! ET QU'ELLE AILLE JE SAIS PAS OÙ.
AU DIABLE !
ROSE NE PARTIRA JAMAIS D'ICI.
ELLE N'A JAMAIS SU PRENDRE SOIN DE RIEN.
SES GOSSES, PAR EXEMPLE. JOHN, SON GAMIN, QUI DISPARAÎT DANS LA NATURE.
ET L'AUTRE, JEAN, ON NE SAIT PAS TROP CE QU'ELLE FAIT. NI OÙ.
AH, OUI, D'ACCORD. BON, À TOUT À L'HEURE.
CE N'ÉTAIT PAS MENDEZ, C'ÉTAIT STANLEY JAMES. ILS ONT À PEU PRÈS LA MÊME VOITURE.
JE NE SAVAIS PAS QUE STAN AVAIT DES SOUCIS D'ALCOOL.
AVEC LA FEMME QU'IL SE COLTINE, ÇA M'ÉTONNERAIT PAS DES MASSES. TOUT LE MONDE EN ARRIVERAIT LÀ.
C'EST UN PEU RAPIDE COMME ANALYSE.
VOUS ÊTES TOUS INSUPPORTABLES AUJOURD'HUI ! JE VOUS JURE, VIVEMENT CE WEEK-END QUE JE ME REPOSE !

17.

ÇA SERA QUOI, COMME CONCERT ?
LOST BUFFALOES. UN GROUPE DU COIN. IL Y A TOUJOURS UNE BONNE AMBIANCE. TOUTE LA VILLE S'Y RETROUVE.
JE VEUX DIRE, PAS DE REYNOLD OU DE BOB LÀ-DEDANS, HEIN. C'EST PAS LEUR GENRE, ÇA. ET PUIS, EUX, C'EST LE BOULOT.
ON MÉLANGE PAS.
BON, NOUS DEUX, C'EST DIFFÉRENT.
EN PLUS, AVANT QUE TA FIANCÉE N'ARRIVE, IL FAUT QUE TU EN PROFITES UN PEU SANS ELLE. APRÈS TU AURAS LA CORDE AU COU.
TU ES CÉLIBATAIRE ?
OUAIS.
PAS DE VODKA. JE VEUX M'EN TENIR À LA BIÈRE.
TOM BRODOWSKI, T'ES POLONAIS OU PAS ?

J'AI DES ORIGINES. MAIS J'Y AI JAM...
SALUT, LES GARS !
SALUT, TU ES NOUVEAU ?
LORI VEUT TOUJOURS TESTER LES NOUVEAUTÉS.
ON VA DANSER ?
VOUS ALLEZ OÙ ?
ON VA DANS UNE RÉSERVE.
QU'EST-CE QUE VOUS ALLEZ FAIRE LÀ-BAS ?
CHASSER LES INDIENNES. YIIIHAAA ! ELLES ONT BESOIN D'ARGENT. FAIS PAS CETTE TÊTE, C'EST RIEN. C'EST SERVICE CONTRE SERVICE.
MOI, JE VAIS RENTRER.
ATTENDS, ET TU VIENS DE CHICAGO, TOI ? ON SE COUCHE AVEC LES POULES, LÀ-BAS ?
JE SUIS CLAQUÉ.
JE VAIS PRENDRE LE BUS.
COMME TU VEUX. À LUNDI AU BOULOT. SALUT, MEC !
19.

MTA AND RED ARROW BUSES ONLY
PASSENGER LOADING AND UNLOADING
VOUS PASSEZ PAR OLD CREEK ?
OLD CREEK, LA VILLE FANTÔME ?
OUI, J'EN SUIS UN.
JE VAIS À SARATOGA, MOI.
ÇA ME RAPPROCHE, JE MARCHERAI APRÈS.
5 MILES, MARCHEUR FANTÔME. TU N'AS PAS DE POUVOIRS POUR TE DÉPLACER PLUS VITE ? AVEC UN DRAP BLANC PAR-DESSUS ?
PAS ENCORE, JE DÉBUTE.
CHICAGO, TU DIS ! UNE SACRÉE VILLE ! ON LA VOIT DANS LES FILMS.
MOI, LE PLUS LOIN QUE JE SUIS ALLÉ, C'EST À DENVER. 425 MILES. LE PLUS JEUNE Y FAIT SES ÉTUDES. C'ÉTAIT POUR LUI APPORTER DES AFFAIRES.
POUR TOUT TE DIRE, ON A MÊME PAS VISITÉ.
ENFIN, ON EST ALLÉS AU ZOO CAR MA FEMME INSISTAIT POUR VOIR LES GIRAFES EN VRAI. CELLES DE LA TÉLÉ, C'EST PAS ASSEZ, QU'ELLE M'A DIT. ALORS ON Y A FAIT UN DÉTOUR.
ON A JUSTE MANGÉ DANS UN DINER ET PUIS HOP, HOME SWEET HOME. ET JE PRÉFÈRE COMME ÇA.
20.

BIENVENUE ET ATTENTION AUX COYOTES !
HEY, JE TE VOIS !
VIENS, N'AIE PAS PEUR.
TSST. DES SAUVAGES.
JE VOUS TENDS LA MAIN ET VOUS VOUS ÉCHAPPEZ ?
C'EST ÇA ! FUYEZ SANS RIEN ME DIRE, JE SUIS ABONNÉ.

CRAC!
VOILÀ COMMENT TOUT ÇA SE TERMINE.
OH, TU ES BEAU, TOI.

C'EST UN COYOTE. ENFIN, C'EN ÉTAIT UN. VOUS RAMASSEZ LES CRÂNES LA NUIT TOMBÉE ? ÇA RAPPORTE ?
EUH, JE DÉCOUVRE DE QUOI SONT FAITS LES TROTTOIRS DU WYOMING.
C'EST LA VIE ICI. CELUI-CI A ENCORE TOUTES SES DENTS. IL DEVAIT PAS ÊTRE VIEUX.
JE VOUS DÉPOSE ?
J'HABITE À OLD CREEK. JE M'APPELLE TOM.
MOI C'EST ROSE.
VOUS SAVEZ PAS QUOI DIRE.
JE VOUS AVOUE, JE NE ME RECONNAIS PAS. J'AI PRIS UN FLIC EN STOP.
ÇA VOUS ÉCONOMISERA QUELQUES HEURES DE MARCHE.
J'AI UN PEU BU. J'ESPÈRE QUE ÇA PASSERA CE SOIR, MONSIEUR L'AGENT.
JE SUIS PAS EN SERVICE ET C'EST POUR VOTRE SÉCURITÉ EN GÉNÉRAL.
ET J'AI BU AUSSI.
J'HABITE DERRIÈRE CE VIRAGE, MAIS VOUS CONNAISSEZ DÉJ...
23.

WHAT THE HELL?!
NON !
C'EST TOUTE CETTE BANDE DE CONNARDS ! ILS NE VONT JAMAIS ARRÊTER ! ILS JUBILENT DERRIÈRE LEURS FENÊTRES, JE VAIS LEUR MONTRER, MOI, CE QUE JE PENSE D'EUX !
ILS M'ENVOIENT UNE ASSOCIATION POUR PROTÉGER DES ANIMAUX ET REGARDE CE QU'ILS ONT FAIT À MA CHÈVRE. ILS PAIERONT POUR ÇA !
BOO ?!
IL FAUT ÉTEINDRE AVANT QUE ÇA NE SE PROPAGE.

NON, ROSE ! VOUS POUVEZ PAS FAIRE ÇA !
AH BON ? REGARDE-MOI BIEN.
ROSE, JE VAIS VOUS AIDER, S'IL VOUS PLAÎT.
LA POLICE NE M'AIDERA JAMAIS. TU N'Y COMPRENDS RIEN. TU ES NOUVEAU.
ON VA AU COMMISSARIAT TOUT DE SUITE.
JE VAIS APPELER LE SHÉRIF. ATTENDEZ.
QU'EST-CE TU FOUS LÀ-BAS, TOM ?!
LE FEU EST ÉTEINT ? TRÈS BIEN, ON S'OCCUPERA DU RESTE LUNDI. BONNE NUIT.
MAIS JE NE PEUX PAS LA LAISSER COMME ÇA, SANS RÉPONSE. QUELQU'UN EST RENTRÉ CHEZ ELLE ET A BRÛLÉ LA CARAVANE AVEC LA CHÈVRE DEDANS !
ÉCOUTE, TOM, RENTRE CHEZ TOI. VA TE COUCHER, C'EST UN CONSEIL D'AMI. À LUNDI.
25.

ALORS, TON SHÉRIF ?
C'EST CE QUE JE T'AVAIS DIT.
OH, ATTENDEZ ! D'ACCORD.
ON VA CHEZ EUX, MAIS SANS ARME ET C'EST MOI QUI PARLE.
ILS SONT LÀ. JE SENS LEUR ODEUR MOISIE D'ICI. ILS SONT TOUJOURS LÀ.
PRÊTS À DÉTRUIRE TOUT CE QUI NE LEUR PLAÎT PAS.
BIENVENUE DANS LE WYOMING, TOM.
NE FAITES RIEN AVEC VOS VOISINS. JE VOUS AIDERAI.
C'EST ÇA, TOM.
ET PUIS VOUS SAVEZ QUOI ? JE VAIS RESTER ICI.

27

DAMN YOU, HELEN. FUCKING DAMN YOU.
OÙ ES-TU ?
QU'EST-CE QUE JE FOUS LÀ ?
C'EST TOI QUI VOULAIS LE WYOMING.
C'EST TOI QUI VOULAIS UNE VIE BELLE ET SIMPLE.
REGARDE-MOI.
À CINQ HEURES DU MATIN, SUR UNE ROUTE PERDUE AVEC UNE CARABINE, UN FLINGUE ET UNE BOUTEILLE DE WHISKY.
ET TOI ? TON DIMANCHE MATIN ?
NOS DIMANCHES.
NOS MATINÉES JUSQU'AU DÉBUT D'APRÈS-MIDI, LES PETITS DÉJEUNERS AU LIT, NOS LECTURES À HAUTE VOIX, UN BAIN, UNE BALADE LE LONG DU LAC MICHIGAN, ET UN RUBEN DANS NOTRE *DINER* DU QUARTIER.
CETTE VIE ENSEMBLE, JE L'AIMAIS. TU TE RAPPELLES DE ÇA ?
QU'EST-CE QUI S'EST PASSÉ ?
FAIT CHIER, PUTAIN.

28.

J'AI JAMAIS VOULU DE TES PLANTES.
TAILLEZ-VOUS !
ADIEU, HELEN.

C'EST CE CONNARD DE FLIC QUI A TOUT PRIS.
UNE TAUPE ! ILS ONT INTRODUIT UNE TAUPE CHEZ MOI ! JE ME SUIS LAISSÉ BERNER.
PAUVRE CONNE. T'ES QU'UNE PAUVRE CONNE.
ROSE. BONJOUR.
JE SUIS VENUE CHERCHER CE QUE TU M'AS VOLÉ.
ENTREZ.

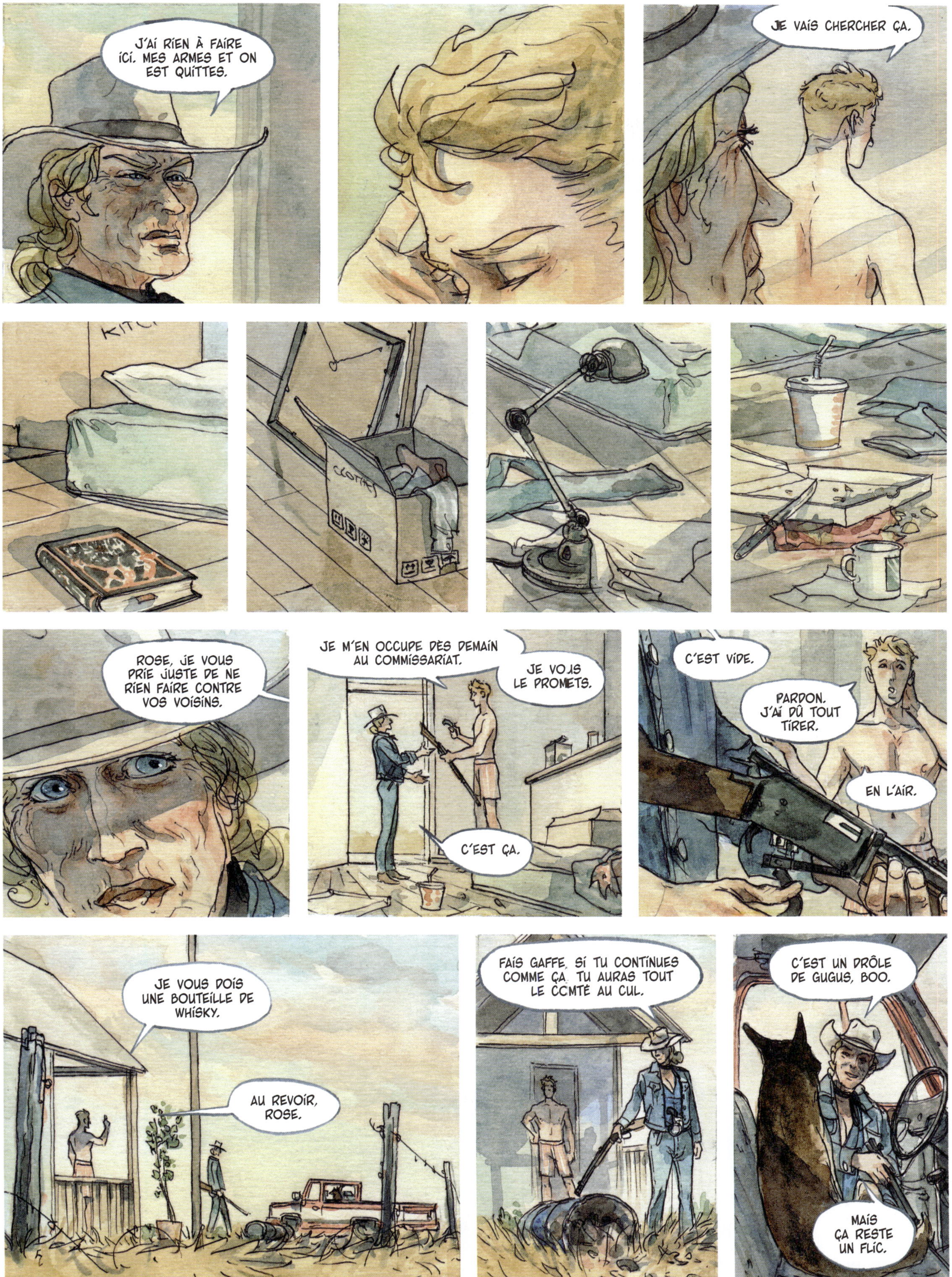

J'AI RIEN À FAIRE ICI. MES ARMES ET ON EST QUITTES.
JE VAIS CHERCHER ÇA.
ROSE, JE VOUS PRIE JUSTE DE NE RIEN FAIRE CONTRE VOS VOISINS.
JE M'EN OCCUPE DÈS DEMAIN AU COMMISSARIAT.
JE VOUS LE PROMETS.
C'EST ÇA.
C'EST VIDE.
PARDON. J'AI DÛ TOUT TIRER.
EN L'AIR.
JE VOUS DOIS UNE BOUTEILLE DE WHISKY.
AU REVOIR, ROSE.
FAIS GAFFE, SI TU CONTINUES COMME ÇA, TU AURAS TOUT LE COMTÉ AU CUL.
C'EST UN DRÔLE DE GUGUS, BOO.
MAIS ÇA RESTE UN FLIC.

BONJOUR, WILLIAM. LA FÊTE S'EST BIEN TERMINÉE ?
BUFFALO POLICE SUBSTATION
OUAIS, OUAIS. NICKEL.
TU VOIS, J'AI FINI PAR TROUVER MON CHEMIN.
JE VOIS.
BONJOUR, TOM.
IL Y AURA DES FESTIVITÉS À LA MAISON DE RETRAITE *FOUR LEAF CLOVER*. TU ASSURERAS LA SÉCURITÉ.
J'AI UNE LISTE D'EMPLETTES À FAIRE POUR EUX, CET APRÈS-MIDI. EH OUI, ON FAIT AUSSI DU SOCIAL.
J'AIMERAIS M'OCCUPER DU CAS DE ROSE SHAW.
C'EST À ELLE DE DÉPOSER PLAINTE. SANS ÇA ON NE PEUT RIEN FAIRE.
QUELQUE CHOSE M'ÉCHAPPE...
TOM, VIENS VOIR ICI.
« ROSE A ENCORE FRAPPÉ. CETTE FOIS LA POLICE. BRAVO LES FORCES DE L'ORDRE. »
ROSE STRIKES AGAI
Congratulations to the Police
C'EST QUOI, ÇA ?! C'EST PAS VRAI !
32.

TOUT LE MONDE PENSE QUE TU AS PASSÉ LA NUIT AVEC ROSE. ÇA SAUTE AUX YEUX.
C'EST FAUX. ELLE M'A PRIS EN STOP. QUELQU'UN A MIS LE FEU CHEZ ELLE.
J'AI APPELÉ LE SHÉRIF ! C'EST ELLE LA VICTIME.
JE N'AI ABSOLUMENT PAS
TU NE VAS PAS INVESTIGUER LÀ-DESSUS. AFFAIRE CLOSE !
TU NE L'APPROCHES PLUS, COMPRIS ? EN CIVIL OU EN UNIFORME. *STAY AWAY FROM HER, STAY AWAY FROM HELL.*
C'EST MOCHE, TOM. TU ATTENDS TA FIANCÉE ET TU COUCHES AVEC ROSE... ROSE, EN PLUS !
C'EST FAUX ! CELUI QUI A PRIS CES PHOTOS VOULAIT EXACTEMENT QUE TOUT LE MONDE PENSE ÇA ! C'EST UN COUP MONTÉ !
ET PUIS MON AMIE, ENFIN, HELEN, ELLE NE VIENDRA PAS. ELLE A CHANGÉ D'AVIS. NOUS NE SOMMES PLUS FIANCÉS...
... ET VU COMMENT LES CHOSES SE PASSENT ICI, JE ME DIS QU'ELLE A BIEN FAIT !
33.

T'OCCUPE PAS DE ROSE. LAISSE-LA À CEUX QUI CONNAISSENT LE COIN. C'EST UNE PETITE VILLE.
LA POLICE, ICI, PARFOIS C'EST TOUT LE MONDE. QUE TU LE VEUILLES OU NON. ET SI TU T'Y FAIS PAS...
ILS S'ACHARNENT SUR ELLE.
ELLE N'A PAS PORTÉ PLAINTE. C'EST QUE ÇA LA DÉRANGE PAS TANT QUE ÇA.
OU ELLE VA RÉGLER ÇA ELLE-MÊME. COMME D'HABITUDE.
ON TE LAISSE ICI EN BONNE COMPAGNIE. LOIN DES RIXES ET DES SORCIÈRES.
ALORS LÀ, SHÉRIF, VOUS VOUS TROMPEZ. NOUS SOMMES ENCORE BIEN VIGOUREUSES ET ON SAIT JETER DES SORTS, ÇA !
ABRACADABRA ! QUE CE CRAPAUD DEVIENNE UN PRINCE CHARMANT.
MAIS IL L'EST DÉJÀ, CHARMANT ! HAHA !
FOUR LEAF CLOVER
RETIREMENT HOME
COURAGE, TOM.

FINE WINES & ALCOHOLS
PIZZA RICO
BONJOUR, C'EST POUR MANGER SUR PLACE OU À EMPORTER ?
À EMPORTER, OUI.
EASTERN EUROPEAN ? QU'EST-CE QU'IL Y A SUR CETTE PIZZA ? DES CORNICHONS ? À L'AIGRE-DOUCE ?
ENTRE AUTRES.
JE VAIS PRENDRE ÇA. J'AI DES ORIGINES POLONAISES. JE VERRAI SI JE M'Y RETROUVE.
JE SUIS LE NOUVEAU POLICIER.
JE SAIS.
VOUS SAVEZ ? VOUS AVEZ VU LA PHOTO ?
QUELLE PHOTO ? JE VOUS VOIS LÀ, DEVANT MOI, EN UNIFORME.
HAHA, VOUS AVEZ L'ŒIL. JE M'APPELLE TOM.
CHUMANI.
35.

VOUS ÊTES BIEN À L'ÉCOUTE DE WWKZ, ET VOICI LE FLASH INFO DU MATIN.
TU AS FAIT CHAUFFER LE CAFÉ, BOYLE ?
CELA FAIT PRESQUE UNE SEMAINE QU'UN
OMME A ÉTÉ TUÉ PAR BALLES PAR LES
CES DE L'ORDRE À L'EXTÉRIEUR
MAGASIN WALMART À RIVERTON.
OUI, COMME TOUS LES MATINS, CONNIE.
HIER SOIR, DES MEMBRES
LA COMMUNAUTÉ ONT OR
UNE VEILLÉE POUR CET H
ÂGÉ DE 58 ANS, CITOYEN D
LA TRIBU ARAPAHO DU NORD.
LA JOURNÉE S'ANNONCE FRAÎCHE.
JE VAIS VOIR S'IL A GELÉ CE MATIN.
AAAAAAAAAH !!!
SANS TRANSITION, AUJOURD'HUI C'EST LE JOUR DU CHEWING-GUM. MÂCHEZ-VOUS DE LA GOMME ? ON ATTEND VOS APPELS...

TOM, ÇA S'EST BIEN PASSÉ À LA MAISON DE REPOS ?
OUI, TRÈS BIEN.
LES PETITES VIEILLES, CHACUNE À LEUR TOUR, VOULAIENT LUI MONTRER LEUR CHAMBRE. TU AS DÛ RENTRER CHEZ TOI ÉPUISÉ, HIER ! HAHA !
TRANQUILLEMENT, OUI. J'AI MANGÉ UNE PIZZA ET REGARDÉ UN WESTERN. QUE FAIT-ON ICI DE SES SOIRÉES ?
EDITH TRICOTE PRÈS DU FEU.
JE PLAISANTE !
37.

DES CHOSES NORMALES... ON REGARDE LA TÉLÉ. ON FAIT À MANGER. LE TEMPS PASSE...
LA VIE PASSE...
VOUS PENSEZ QUE L'ON PEUT MANGER COMBIEN DE PIZZAS PAR SEMAINE ?
IL FAUT DEMANDER À WILLIAM. IL EST TAILLÉ POUR TE RÉPONDRE.
JE DÉTESTE LA BOUFFE ITALIENNE.
POLICE
ON POURRAIT ALLER TOUS ENSEMBLE À L'OCCIDENTAL, CE SOIR ?
TRÈS BONNE IDÉE, TOM. TU T'ACCLIMATES.
CE SOIR, ON NE PEUT PAS. ON VA DÎNER CHEZ DES AMIS.

AH BON ? ON A DES AMIS ?
BON, ALORS PAS CE SOIR, APPAREMMENT.
ET À PARTIR DE DEMAIN, ON SERA EN FORMATION PENDANT DEUX JOURS. IL FAUDRA VOUS DÉBROUILLER SEULS. FOUTEZ PAS LE BOXON.
BOB, WILLIAM, OCCIDENTAL, CE SOIR ?
MES PETITS-ENFANTS VIENNENT DORMIR CHEZ MOI. MAIS UNE AUTRE FOIS, AVEC PLAISIR, TOM.
OCCIDENTAL, TRÈS PEU POUR MOI. ET PUIS J'AI UN RENDEZ-VOUS.
C'EST ÇA, AVEC TA MAIN.
PAS VRAIMENT.
REGARDE, TOM, ÇA C'EST BEAUCOUP MIEUX COMME PHOTO. C'EST UNE BELLE IMAGE DE TOI, DE NOUS.
JE SUIS SÛR QUE LES MAUVAISES LANGUES AURONT DES CHOSES À REDIRE.
OUI, MAIS CETTE FOIS, ON S'EN FOUT.

39.

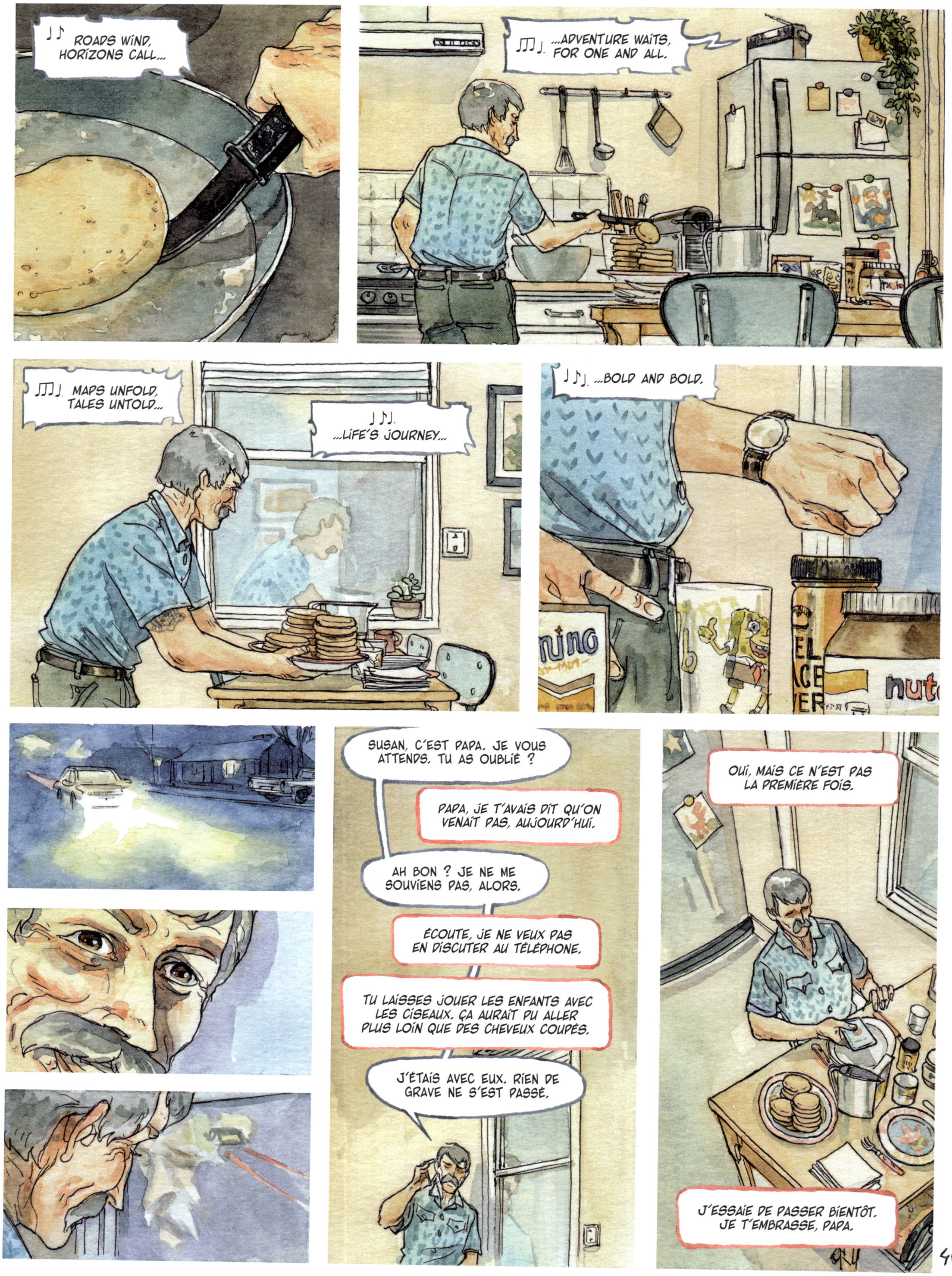
♩♪ ROADS WIND, HORIZONS CALL...
♫♩ ...ADVENTURE WAITS, FOR ONE AND ALL.
♫♩ MAPS UNFOLD, TALES UNTOLD...
♩♫ ...LIFE'S JOURNEY...
♩♪♩ ...BOLD AND BOLD.
SUSAN, C'EST PAPA. JE VOUS ATTENDS. TU AS OUBLIÉ ?
PAPA, JE T'AVAIS DIT QU'ON VENAIT PAS, AUJOURD'HUI.
AH BON ? JE NE ME SOUVIENS PAS, ALORS.
ÉCOUTE, JE NE VEUX PAS EN DISCUTER AU TÉLÉPHONE.
TU LAISSES JOUER LES ENFANTS AVEC LES CISEAUX. ÇA AURAIT PU ALLER PLUS LOIN QUE DES CHEVEUX COUPÉS.
J'ÉTAIS AVEC EUX. RIEN DE GRAVE NE S'EST PASSÉ.
OUI, MAIS CE N'EST PAS LA PREMIÈRE FOIS.
J'ESSAIE DE PASSER BIENTÔT. JE T'EMBRASSE, PAPA.
40.

HELLO, TOM. ALORS, ÇA TE PLAÎT DE VIVRE PARMI NOUS ?
MOI, QUAND JE VOIS UN FILM QUI SE PASSE À CHICAGO, JE CHANGE DE CHAÎNE. TROP DE GENS, TROP DE BÂTIMENTS, ÇA M'OPPRESSE.
JEUNE HOMME ?
MAIS JE NE SAIS PAS DANSER !
VOUS N'ALLEZ PAS ME FAIRE CET AFFRONT. ALLEZ ! VOUS AVEZ BIEN FAIT DANSER ROSE, HAHA !
OH, NE VOUS EN FAITES PAS ! MOI AUSSI, QUAND J'ÉTAIS JEUNE, JE FAISAIS DES EXCÈS. ALLEZ, DANSONS.
I WISH I WAS AN APPLE HANGIN' IN A TREE AND EVERYTIME MY SWEETHEART PASSED, SHE'D TAKE A BITE OFF ME.
GET ALONG HOME, CINDY, CINDY. GET ALONG HOME, CINDY, CINDY. I'LL MARRY YOU SOMEDAY.

J'ESSAIE DE T'OUBLIER, HELEN.
JE VOUDRAIS TE PARLER, TE RACONTER TOUT ÇA, CE QUE JE VIS, TOUT PARTAGER, COMME AVANT. L'AMOUR NE PEUT PAS DISPARAÎTRE AUSSI VITE, SI ?
VOILÀ, HELEN, ON APPROCHE DE CHEZ MON AMIE ROSE. ON A BAISÉ, IL PARAÎT. HAHAHA !
JE SUIS FOU, JE ME PARLE À MOI-MÊME. RESSAISIS-TOI, TOM !

DE PRENDRE MES MARQUES, SANS TOI.
JE MANQUE DE CONSISTANCE.
J'AI TOUT QUITTÉ POUR TOI.
ET TOI ?
D'UN COUP, MADAME NE VEUT PLUS ÊTRE LÀ. BALANCE DES « C'EST PAS POUR MOI, DÉSOLÉE ». NON MAIS TU TE FOUS DE MA GUEULE ? POUR QUI TU ME PRENDS ?
WHAT THE FUCK?!
QU'EST-CE QUE REYNOLD ET EDITH FONT CHEZ LES VOISINS DE ROSE ?
C'EST ÇA, LEUR SOIRÉE ENTRE AMIS ?

42.
43.

EST-CE QUE LE DOSSIER DE ROSE SHAW EST NUMÉRISÉ ? JE NE LE TROUVE PAS ICI.
ÇA VA ÊTRE COMPLIQUÉ, TOM. LE SEUL EXEMPLAIRE EST SOUS CLEF DANS LE BUREAU D'EDITH. C'EST ELLE QUI CHAPEAUTE TOUT CE QUI CONCERNE ROSE.
ROSE EST COMME UN FEU QUI S'ÉTEINT LENTEMENT. MAIS DONT LES BRAISES N'ATTENDENT QUE D'ÊTRE RAVIVÉES.
SACHE QU'ICI IL Y A DES CHOSES QUI SE RÈGLENT EN DEHORS DES DOSSIERS. ON EST PAS LES ROIS DU VERBE MAIS LES ROIS DE LA POUDRE.
OH, LE GUEULETON !
IL M'EN RESTAIT D'HIER. MES PETITS-FILS N'ONT PAS TOUT MANGÉ.
C'EST BIEN, DEUX JOURS SANS EUX.
AVANT, ILS PARTAIENT POUR UNE INSÉMINATION IN VITRO OU JE NE SAIS TROP QUOI.
COMMENT T'ES AU COURANT ?
TU SAVAIS PAS ? C'ÉTAIT UN SECRET MAIS TOUT LE MONDE ÉTAIT AU COURANT.
44.

ÇA N'A JAMAIS PRIS. UN ENFANT AURAIT CIMENTÉ LE COUPLE, ME DISAIT REY QUAND IL AVAIT UN PEU BU.
ET BON, EDITH A UNE DENT CONTRE ROSE, CAR ELLE S'EST FAIT REY. ET IL Y A DES GENS QUI LE LUI RAPPELLENT...
AVANT QU'IL NE RENCONTRE EDITH, HEIN. MAIS ÇA FAIT TACHE.
ELLE A EU TOUT LE MONDE, CELLE-LÀ. BOB, HEIN, TOI AUSSI ELLE T'A EU ? ALLEZ, RACONTE !
C'EST DES BALIVERNES, TOUT ÇA. LES GENS AIMENT LES HISTOIRES, LES RAGOTS, ET EN RAJOUTENT.
MAIS TOI, TOM.
JE N'AI PAS COUCHÉ AVEC ROSE.
ET L'HISTOIRE DE TA FIANCÉE ? QU'EST-CE QUI S'EST PASSÉ ?
WILLIAM, C'EST PAS TES AFFAIRES.
NON, MAIS PUISQUE TOUT LE MONDE ICI SAURA TOUT DE MOI, UN JOUR, AUTANT RACONTER LES VRAIS FAITS.
ELLE S'APPELLE HELEN.

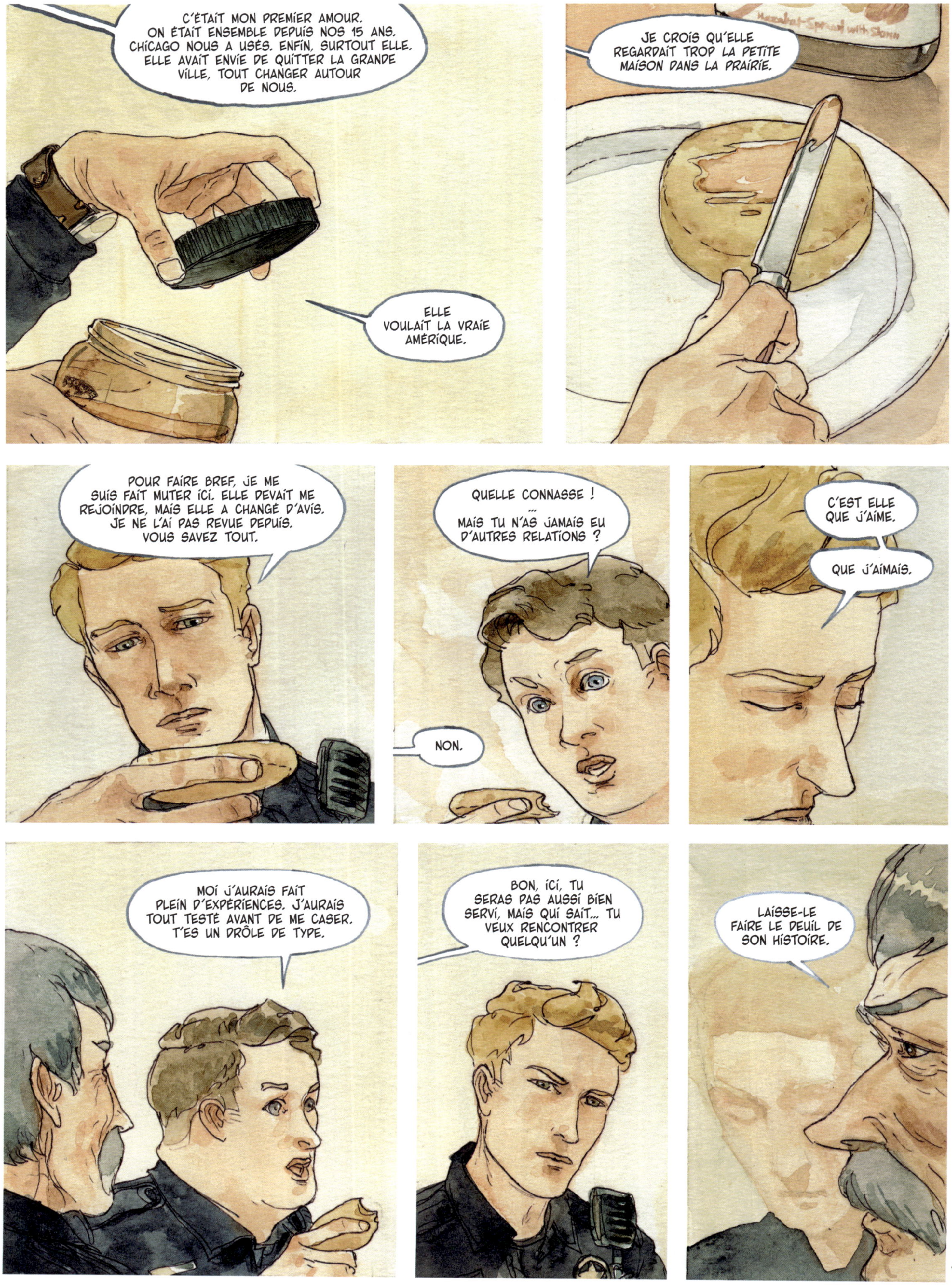
C'ÉTAIT MON PREMIER AMOUR. ON ÉTAIT ENSEMBLE DEPUIS NOS 15 ANS. CHICAGO NOUS A USÉS. ENFIN, SURTOUT ELLE. ELLE AVAIT ENVIE DE QUITTER LA GRANDE VILLE, TOUT CHANGER AUTOUR DE NOUS.
ELLE VOULAIT LA VRAIE AMÉRIQUE.
JE CROIS QU'ELLE REGARDAIT TROP LA PETITE MAISON DANS LA PRAIRIE.
POUR FAIRE BREF, JE ME SUIS FAIT MUTER ICI. ELLE DEVAIT ME REJOINDRE, MAIS ELLE A CHANGÉ D'AVIS. JE NE L'AI PAS REVUE DEPUIS. VOUS SAVEZ TOUT.
QUELLE CONNASSE ! ... MAIS TU N'AS JAMAIS EU D'AUTRES RELATIONS ?
NON.
C'EST ELLE QUE J'AIME.
QUE J'AIMAIS.
MOI J'AURAIS FAIT PLEIN D'EXPÉRIENCES. J'AURAIS TOUT TESTÉ AVANT DE ME CASER. T'ES UN DRÔLE DE TYPE.
BON, ICI, TU SERAS PAS AUSSI BIEN SERVI, MAIS QUI SAIT... TU VEUX RENCONTRER QUELQU'UN ?
LAISSE-LE FAIRE LE DEUIL DE SON HISTOIRE.
46.

ET VOILÀ TA PIZZA.
TU SAIS S'IL Y A UN CINÉMA DANS LE COIN ?
OUI, FACE AU COMMISSARIAT.
AH, OUI...
ÇA TE DIRAIT D'Y ALLER UN JOUR AVEC MOI ?
POURQUOI PAS.
BONSOIR. C'EST POUR MANGER SUR PLACE ? SUIVEZ-MOI.
C'EST LE NOUVEAU DU COMMISSARIAT. TU SAIS, CELUI DE LA PHOTO.
TOC TO
BONSOIR, MADAME, JE SUIS LE NOUVEAU POLICIER. JE VOULAIS ME PRÉSENTER. JE PEUX ENTRER ?
VOUS DEVEZ ÊTRE MONSIEUR BOYLE. MOI C'EST TOM BRODOWSKI.
...
AH OUI, LA RETRAITE. J'EN RÊVE PARFOIS. DU TEMPS DEVANT SOI, DE GRANDES JOURNÉES. DITES, À CE PROPOS, ÉTIEZ-VOUS LÀ LE WEEK-END DERNIER ?
EUH, OUI, OUI, ON ÉTAIT LÀ.
47.

DE VOS FENÊTRES ON A UNE BELLE VUE SUR LA POSSESSION DE MADAME SHAW. AURIEZ-VOUS APERÇU QUELQUE CHOSE DE SUSPECT SAMEDI, VERS VINGT-TROIS HEURES ?
OH, À CETTE HEURE NOUS DORMONS À POINGS FERMÉS !
DONC VOUS N'AVEZ RIEN VU DE L'INCENDIE CRIMINEL QUI A RAVAGÉ LA PROPRIÉTÉ ?
ET À CINQ HEURES DU MATIN, DIMANCHE DERNIER ?
JE NE COMPRENDS PAS OÙ VOUS VOULEZ EN VENIR ! VOUS VENEZ VOUS PRÉSENTER OU FAIRE UNE ENQUÊTE ?!
ON RÉPAND DES RUMEURS À MON ENCONTRE. CETTE PHOTO A ÉTÉ PRISE INDÉNIABLEMENT DE CHEZ VOUS, AVEC UN COMMENTAIRE DÉSOBLIGEANT.
JE VOUS DEMANDE PARDON ? DE QUEL DROIT... BOYLE, DIS QUELQUE CHOSE ! VOUS VENEZ D'ARRIVER, VOUS SAVEZ RIEN DE CE QUE C'EST DE VIVRE AVEC UNE TARÉE EN FACE !
VOUS SAVEZ CE QU'ELLE A FAIT, L'AUTRE JOUR ?
J'AI OUVERT LA PORTE ET DES DIZAINES D'OS ET DE CHAROGNES SE SONT DÉVERSÉS SUR MOI ! VOUS TROUVEZ QUE C'EST NORMAL ?
TOUTES LES TERRES ICI PERDENT LEUR VALEUR. PERSONNE NE VEUT AVOIR UNE PSYCHOPATHE DÉGUEULASSE COMME VOISINE.
POURQUOI N'ÊTES-VOUS PAS VENUE LE DIRE À LA POLICE ?
J'AI...
ON A PEUR D'ELLE. COMPRENEZ ÇA.
C'EST POUR ÇA QUE VOUS AVEZ BRÛLÉ SA CARAVANE AVEC UNE CHÈVRE DEDANS ?

58.

ALORS, C'ÉTAIT BIEN, CETTE FORMATION ? ON VOUS A MANQUÉ ?
TOM, J'AI À TE PARLER.
ENTRE QUATRE YEUX.
QU'EST-CE QUE TU AS ÉTÉ FOUTRE CHEZ CONNIE ET BOYLE, HIER SOIR ? NE TE MÊLE PAS DE CE QUI NE TE REGARDE PAS !
ÇA ME REGARDE ! J'AI VU CE FEU ET UNE PHOTO DIFFAMATOIRE ME CONCERNANT. LA POLICE AUSSI EN PREND POUR SON GRADE. JE NE COMPRENDS PAS POURQUOI TU N'ES PAS DE MON CÔTÉ !
SI TU CONTINUES, JE VAIS TE RETIRER TON BADGE. NE DÉFAIS PAS COMPLÈTEMENT TES CARTONS.
TU NE PEUX RIEN, EDITH. TU ES JUSTE « LA FEMME DE » QUI PREND TROP DE PLACE.
POURQUOI TU LA DÉTESTES AUTANT ?
TU TE TROMPES DE CAMP, TOM. C'EST TOI QUI ES DU MAUVAIS CÔTÉ, ET BIEN SEUL.
JE VAIS AU FOUR LEAF.
TRÈS BONNE IDÉE.
49.

PIZZA RICO PERSONNEL ONLY
VOUS VENEZ NOUS ARRÊTER ?
PIZZA RICO PERSONNEL ONLY
ARRÊTE, T'ES CON.
BONJOUR, TOM.
PIZZA RICO
JE PASSAIS RAPIDEMENT TE DIRE BONJOUR. J'AI LE PROGRAMME DU CINÉMA, SI ÇA TE DIT TOUJOURS.
PIZZA RICO
JE VAIS PAS TROP TRAÎNER, CHU.
PIZZA
PERSONNEL ONLY
OK, ATTENDEZ. J'ARRIVE.
JE TE CONNAIS. NOUVEAU POLICIER.
TU ES PERSPICACE.
C'EST LA PHOTO.
AH... LA PHOTO.
EH OUAIS, ELLE A FAIT LE TOUR DU MONDE.
C'EST EXAGÉRÉ.
TU CROIS ? TU HABITES À OLD CREEK, C'EST ÇA ?
PIZZA RICO PERSONNEL ONLY
EUH, OUI, OUI.
TU ME DÉPOSES ? JE SUIS SUR TON CHEMIN.
OUI, OK.
ET ON PEUT SE FAIRE PLAISIR DANS LA VOITURE.

LA FORCE DE L'ORDRE ME DÉPOSERA CHEZ MOI.
ET CE CINÉ ? PEUT-ÊTRE CE WEEK-END ? J'AI NOTÉ MON NUMÉRO DE TÉLÉPHONE SUR LE PROGRAMME.
OUI, ÇA ME VA.
CIAO, BEAUTÉ. ATTENTION AUX MAINS QUI SE BALADENT SOUS LES TABLES.
T'ES CON, JEAN. À BIENTÔT, TOM.
ON NE FUME PAS DANS MA VOITURE, DÉSOLÉ.
JE PEUX AU MOINS METTRE DE LA MUSIQUE ?
OUI, ÇA DONNE PAS LE CANCER.
I'M LEAVING, I'VE ALREADY PACKED MY STUFF. THERE WILL BE NO GOODBYE, THIS TIME IT'S WAY TOO TOUGH.

OLD CREEK, ÇA TE CHANGE BIEN DE CHICAGO. IL Y A COMBIEN D'HABITANTS LÀ-BAS ?
DANS LES TROIS MILLIONS.
À OLD CREEK ?
UN SEUL. MOI. ET QUELQUES VACHES PASSANT CHAQUE JOUR.
ET POURQUOI PAS ?
POURQUOI ?
TOUT OU RIEN.
PUTAIN, TU DONNES ENVIE DE FUMER, TOI.
DÉSOLÉ, C'EST NON.
ELLE TE PLAÎT, CHU ?
ELLE EST PARFAITE. C'EST MA MEILLEURE AMIE, MON ÂME SŒUR. SON PÈRE AUSSI ÉTAIT UN BON BOUGRE.
BON, ON EST ARRIVÉS...
LA MAISON À GAUCHE, LÀ-BAS ?
NON, J'HABITE LÀ, À DROITE.
EH OUI, JE SUIS LA FILLE DE MA MÈRE, QUE TU CONNAIS PAS MAL SELON LA PHOTO.
MERCI POUR LE LIFT. À BIENTÔT, SÛREMENT.
ÇA VA ? QUOI DE NEUF ? IL EST BEAU CE NOUVEAU PLAFOND, HEIN ? NE ME REMERCIEZ PAS.
POLICE

JE SUIS VENUE TE FAIRE L'AMOUR. TOUT LE MONDE EN PARLE, IL EST TEMPS QU'ON LE FASSE. J'AI AUCUN SOUVENIR.
NON. JE SUIS VENUE TE TUER. LÀ OÙ J'EN SUIS, DE TOUTE FAÇON.
JE PLAISANTE, CERTES...
... MAIS JUSTE UN PEU.
PAS D'AMOUR. PAS DE MORT. MAIS UN AVERTISSEMENT.
TU T'APPROCHES ENCORE DE JEAN ET JE TE MASSACRE.
C'ÉTAIT MON WHISKY, NON ?
PARDON, ÇA M'A GLISSÉ DES MAINS. TU ME DOIS PLUS RIEN. AUCUNE BOUTEILLE, AUCUNE CARTOUCHE. ON EST QUITTES. BONNE NUIT.
KLING !

53.

J'AI L'IMPRESSION D'AVOIR TOUT LE MONDE À DOS.
À PART ROSALIA, JUDITH, CLAIRE ET QUELQUES AUTRES FEMMES AU-DESSUS DE 80 ANS. C'EST ARRIVÉ À MES OREILLES.
MEXICAN FOOD
EL RODEO
TACOS . BURRI
HAHA !
T'ES EN VIE, C'EST QUE TU AS ENCORE UNE CHANCE OU DEUX. MAIS JE NE PARIERAIS PAS TROP LÀ-DESSUS.
JE NE PLAISANTE PAS, TOM. C'EST UN MONDE PARALLÈLE, ICI.
JE NE COMPRENDS PAS. ROSE A TELLEMENT D'ENNEMIS ET ILS LA LAISSENT VIVANTE. ELLE EST SEULE CONTRE TOUT LE MONDE.
OH, TU SAIS, C'EST PAS SI SIMPLE. IL Y EN A QUI L'AIMENT MAIS ILS NE VONT RIEN FAIRE POUR ELLE. LE SHÉRIF, PAR EXEMPLE. IL NE VA PAS L'ACCUSER MAIS IL NE VA PAS LA DÉFENDRE POUR AUTANT.
ELLE TRAVAILLE DANS LA FERME DU GROS ED. LUI, IL L'AIME BIEN AUSSI.
BUFFALO POLICE SUBSTATION
SHÉRIF, J'AI BESOIN DE PRENDRE UNE APRÈS-MIDI OFF, C'EST POSSIBLE ?
OK, TOM. NOUS TIENDRONS LE FORT.
À DEMAIN, BOB.
54.

55.

QU'EST-CE QUE TU VEUX ?
JE VAIS T'AIDER. ICI, JE VEUX DIRE. AVEC LES CHEVAUX, TOUT ÇA.
QUE FAUT-IL FAIRE ?
HAHA !
IL PEUT T'AIDER À RAMENER DES BÊTES DU PÂTURAGE.
DANS SON DÉGUISEMENT, LÀ, IL RISQUE DE LES EFFRAYER.
C'EST UN PEU LE BUT.
OH, TA GUEULE, ED.
TIENS.
T'ES DÉJÀ MONTÉ SUR UN CHEVAL ?
OUI.
QUAND J'AVAIS CINQ OU SIX ANS, DANS UN PARC. MA MÈRE TENAIT LA BRIDE, LE CHEVAL ÉTAIT IMMOBILE. C'ÉTAIT POUR UNE PHOTO.
BON, D'ACCORD. T'ES SÛR QUE TU VEUX EN FAIRE ?
OUI.
PRENDS OKJA. ELLE EST DÉJÀ SELLÉE.
ELLE EST TRÈS DOUCE. C'EST RARE PAR ICI LES ÊTRES DOUX.
ELLE EST GRANDE.
PRÊT ?
56.

57.

JE NE VEUX PAS ME MÊLER DE TES AFFAIRES, ROSE... JE SUIS PRÊT À T'AIDER, SEULEMENT SI TU LE SOUHAITES. JE NE VEUX PAS DE GUERRE AVEC TOI, SIMPLEMENT ÊTRE BIEN, ICI. ÊTRE HEUREUX, DE TEMPS EN TEMPS, SI POSSIBLE.

JE SUIS EMBÊTÉ. UNE JEUNE FEMME ME PREND DE COURT EN ME DONNANT UN RENDEZ-VOUS. J'Y TIENS, C'EST DANS UNE HEURE.
TU PEUX TE DOUCHER ICI.
DONNE. JE VAIS LUI APPORTER TOUT ÇA.
TU CHANGES PAS, HEIN !
SERVIETTE ET HABITS DU FILS D'ED. PEUT-ÊTRE PAS À TON GOÛT MAIS AU MOINS ILS DEVRAIENT ÊTRE À TA TAILLE.
59.

DIS DONC, MA ROSE, TU T'ES BIEN RINCÉ L'ŒIL.
IL N'Y A PAS DE MAL À SE FAIRE DU BIEN.
ET PUIS, BON, JE N'AI PAS LA TÉLÉ, MOI. ET DANS CE BLED, PERSONNE SUR QUI ACCROCHER LES YEUX.
ÇA SERA POUR LE PREMIER RENDEZ-VOUS. COMMENT VOUS ME TROUVEZ ?
TU MARQUES.
ON DIRAIT QUE TU ES DU CRU. DU GRAND. HÉHÉ.
APPROCHE.
ENCORE. N'AIE PAS PEUR.
FERME LES YEUX.
HAI KARA
LA TOUCHE FINALE.
BON DATE !
MERCI !
60.

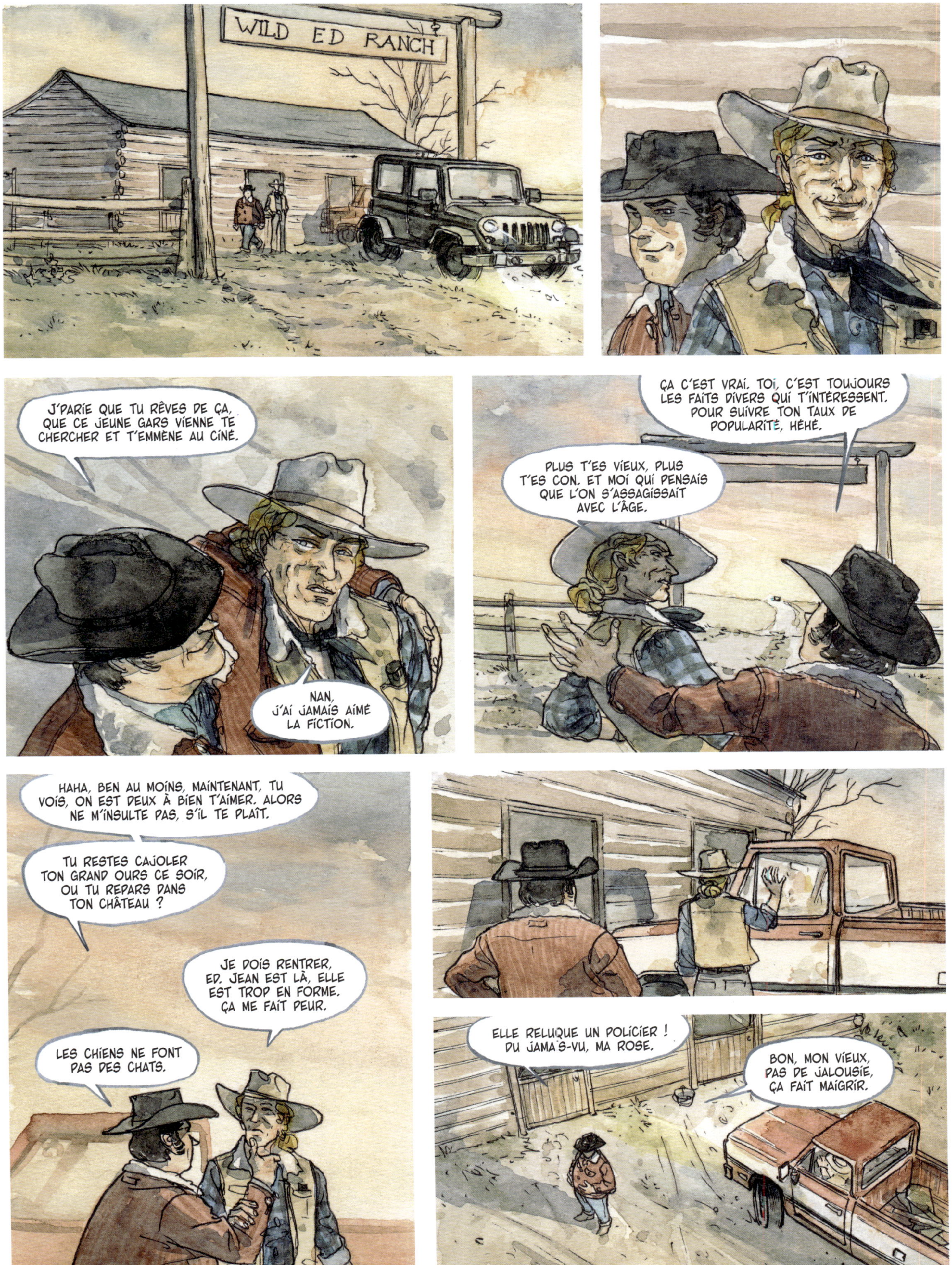
WILD ED RANCH
J'PARIE QUE TU RÊVES DE ÇA, QUE CE JEUNE GARS VIENNE TE CHERCHER ET T'EMMÈNE AU CINÉ.
NAN, J'AI JAMAIS AIMÉ LA FICTION.
ÇA C'EST VRAI. TOI, C'EST TOUJOURS LES FAITS DIVERS QUI T'INTÉRESSENT. POUR SUIVRE TON TAUX DE POPULARITÉ, HÉHÉ.
PLUS T'ES VIEUX, PLUS T'ES CON. ET MOI QUI PENSAIS QUE L'ON S'ASSAGISSAIT AVEC L'ÂGE.
HAHA, BEN AU MOINS, MAINTENANT, TU VOIS, ON EST DEUX À BIEN T'AIMER. ALORS NE M'INSULTE PAS, S'IL TE PLAÎT.
TU RESTES CAJOLER TON GRAND OURS CE SOIR, OU TU REPARS DANS TON CHÂTEAU ?
JE DOIS RENTRER, ED. JEAN EST LÀ, ELLE EST TROP EN FORME. ÇA ME FAIT PEUR.
LES CHIENS NE FONT PAS DES CHATS.
ELLE RELUQUE UN POLICIER ! DU JAMA'S-VU, MA ROSE.
BON, MON VIEUX, PAS DE JALOUSIE, ÇA FAIT MAIGRIR.

C'était une très belle soirée. Est-ce que ça va trop vite si j'ai envie de te revoir demain ? Je cuisine. Tu viens dans ma ville fantôme ?
Bip!
BON, IL N'Y A PLUS QU'À...

DRiiiNG ! DRiiiNG !
CHUMANi ?
TOM ! JE SUiS EN VOiTURE, JE PASSAiS PRÈS DE CHEZ ROSE ET J'Ai ENTENDU UN COUP DE FEU. JE ME SUiS ARRÊTÉE.
SORS PAS DE TA VOiTURE. J'ARRiVE.
TU TE PRENDS POUR QUi ?
ARRÊTE DE RiCANER, TU ES PATHÉTiQUE !
QU'EST-CE QUi SE PASSE, JEAN ?
MA MÈRE EST UNE TRAÎNÉE, UNE VRAiE SALOPE !
CELUi QUi L'A APPELÉE DiRTY ROSE A TAPÉ DANS LE MiLLE.
63.

DIS-MOI, MAMAN, C'EST MON PÈRE QUI T'A APPELÉE *DIRTY ROSE* ?
C'EST QUI, D'AILLEURS ?
DIS-MOI QUI EST MON PÈRE, DEPUIS LE TEMPS QUE JE VEUX SAVOIR !
VOUS ÊTES SAOULES. JEAN, DONNE-MOI TON ARME, S'IL TE PLAÎT.
J'AI BU MAIS JE SUIS PAS SAOULE. RENTRE CHEZ TOI, CHUMANI !
JE L'AI CHERCHÉ DANS TOUTES LES PRISONS DE L'ÉTAT ! IL S'APPELLE JIM, TON PÈRE, QU'ELLE M'A DIT, ET IL EST ENFERMÉ POUR MEURTRE.
MAIS RIEN.
C'EST QUI ?
DÉGAGE.
DÉGAGE, JE TE DIS !
PEUT-ÊTRE QU'ILS ÉTAIENT PLUSIEURS. TU ES LA FILLE DE TOUT LE WYOMING !
JE SUIS LA GRANDE PLAINE SUR LAQUELLE TOUT LE MONDE EST PASSÉ !
MA MÈRE, CETTE POÉTESSE, LA BUKOWSKI DU WYOMING, DANS TOUTE SA CRASSE !
64.

TU N'AS QUE CE QUE TU SÈMES, TU SAIS ?! JE N'AI RIEN DEMANDÉ. JE N'AI PAS DEMANDÉ À ÊTRE LÀ !
ALORS, POURQUOI TU ME VISES ? TIRE-TOI DESSUS.
J'AI BESOIN DE SAVOIR QUI JE SUIS... D'OÙ JE VIENS. COMPRENDS ÇA !
CE DOIT ÊTRE BOYLE, TON PÈRE. C'EST POUR ÇA QUE TU SERAS TOUJOURS UNE PLAIE.
PAW!
GJ.

ROSE A EU DE LA CHANCE. LA BALLE N'A RIEN TOUCHÉ DE VITAL. LA PLAIE ÉTAIT PROPRE, AUSSI BIZARRE QUE CELA PARAISSE DANS SON CAS...
QUI RÈGLE LES FRAIS ?
JE VAIS PAYER.
BON, LES BOTTES, ÇA SUFFIT.
66.

JE SUIS DÉSOLÉE POUR TOUT ÇA. JEAN VA MIEUX. JE L'AI EMMENÉE CHEZ MOI. J'ESPÈRE QUE ÇA A ÉTÉ, À L'HÔPITAL. ON REMET ÇA À PLUS TARD ?
ROSE ?
POLICE
RIIING !
POLICE
IL Y A EU UNE FUSILLADE. WILLIAM, TU M'ACCOMPAGNES.
OÙ ÇA ?
CHEZ ROSE. ELLE A TIRÉ SUR LES BULLDOZERS QUI SONT ENTRÉS SUR SON TERRAIN.
67.

JE VEUX VENIR.
C'EST PAS LA PEINE, ON VA S'EN SORTIR. IL Y A DÉJÀ DES POLICIERS DE SARATOGA SUR PLACE.
DES BULLDOZERS ? DES POLICIERS DE SARATOGA ? QU'EST-CE QU'ILS FONT LÀ ?
ÇA DURE DEPUIS DES ANNÉES, TOM. ELLE DEVAIT ASSAINIR SON TERRAIN. ELLE N'A RIEN FAIT ET À LA PLACE, ELLE ORGANISE DES RODÉOS. C'EST UNE DÉCISION DE LA COUR.
POLICE
POLICE
POLICE
VOUS N'AVEZ PAS LE DROIT ! MONTRE-MOI TON MANDAT DE PERQUISITION !

TU SAIS PAS LIRE, ÇA SERVIRAIT À RIEN. ARRÊTE DE TE DÉBATTRE. C'EST FINI. TU ES FINIE.
PERSONNE N'A ÉTÉ BLESSÉ, HEUREUSEMENT.
SEULES LES MACHINES ONT ÉTÉ TOUCHÉES...
VOUS NE POUVEZ PAS ME RETIRER MA TERRE, VOUS NE POUVEZ PAS LA DÉMOLIR !
DÉMOLIR ? NETTOYER, TU VEUX DIRE !
EDITH, S'IL TE PLAÎT.
ON VA LA GARDER LONGTEMPS ICI ?
AUCUNE IDÉE.
BON COURAGE, COLLÈGUES.
ELLE EST OÙ, JEAN ?
REY ?
69.

IL FAUT QUE TU LUI DISES, REY !
JEAN EN A BESOIN !
ARRÊTE DE GUEULER ! JUSQU'AU BOUT TU VAS NOUS FAIRE CHIER ?!
SHERIFF
FAIS UN TEST ADN SI TU VEUX, MAIS MOI JE SAIS !
JE SAIS !
SHERIFF
MAIS TU COMPRENDS QUAND ON TE DIT DE LA FERMER ?
SHERIFF
EDITH !
EDITH, ARRÊTE !
C'EST PAS VRAI, REY. DIS-MOI QUE C'EST PAS VRAI...
70.

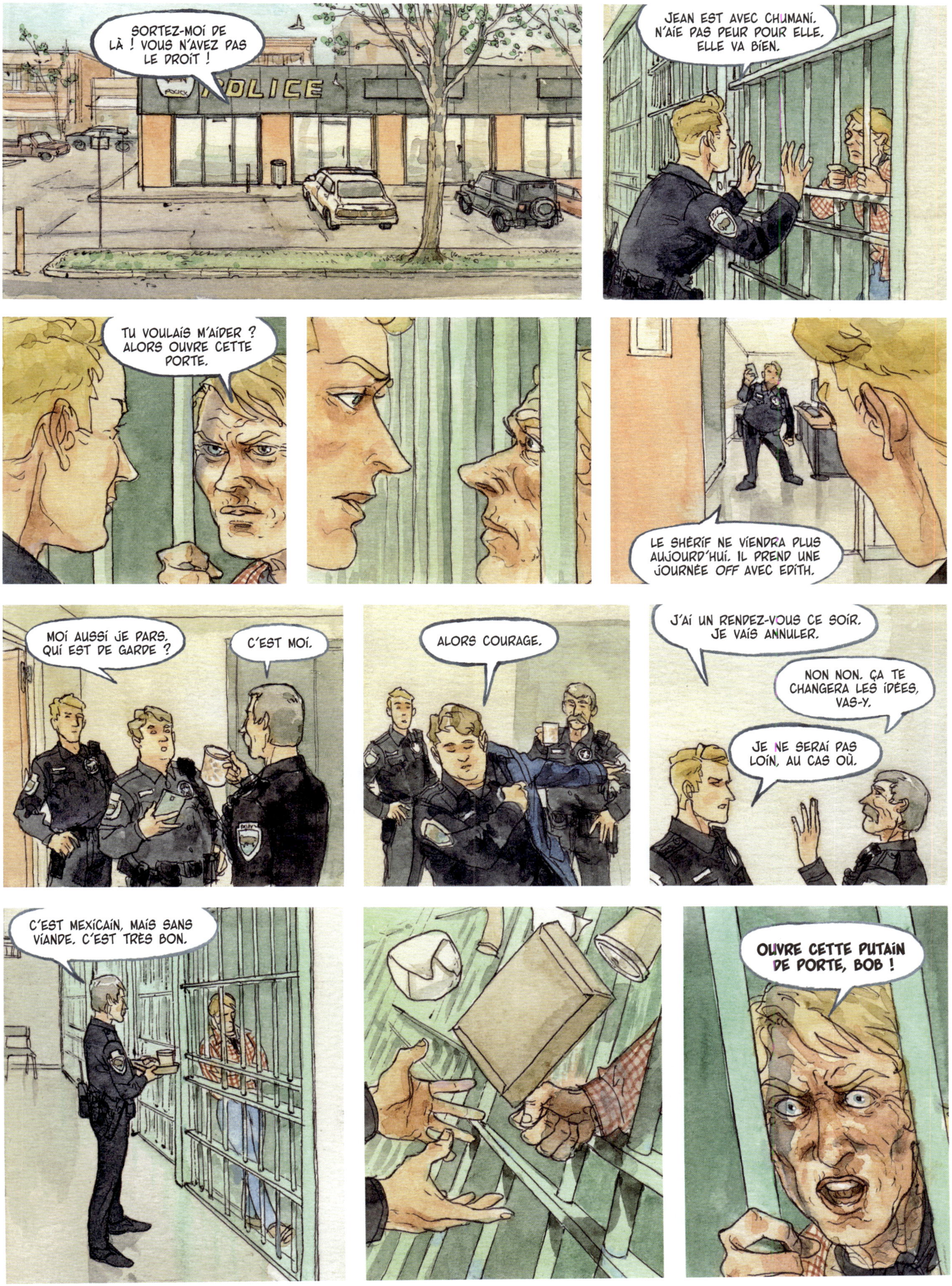
SORTEZ-MOI DE LÀ ! VOUS N'AVEZ PAS LE DROIT !
POLICE
JEAN EST AVEC CHUMANI. N'AIE PAS PEUR POUR ELLE. ELLE VA BIEN.
TU VOULAIS M'AIDER ? ALORS OUVRE CETTE PORTE.
LE SHÉRIF NE VIENDRA PLUS AUJOURD'HUI. IL PREND UNE JOURNÉE OFF AVEC EDITH.
MOI AUSSI JE PARS. QUI EST DE GARDE ?
C'EST MOI.
ALORS COURAGE.
J'AI UN RENDEZ-VOUS CE SOIR. JE VAIS ANNULER.
NON NON. ÇA TE CHANGERA LES IDÉES, VAS-Y.
JE NE SERAI PAS LOIN, AU CAS OÙ.
C'EST MEXICAIN, MAIS SANS VIANDE. C'EST TRÈS BON.
OUVRE CETTE PUTAIN DE PORTE, BOB !
71.

ON POURRAIT PARTAGER UN PLAT. LES PORTIONS SONT COPIEUSES, ICI.
The Blue Garden
GROUND CONTROL TO MAJOR TOM.
PARDON, C'ÉTAIT UNE DRÔLE DE JOURNÉE AU COMMISSARIAT. RACONTE-MOI QUELQUE CHOSE.
BOSSER DANS UNE BOUTIQUE DE FLEURS, ÇA ME PLAIRAIT BIEN. JE SENTIRAIS MEILLEUR QUE LA PÂTE À PIZZA.
MOI J'AIME BIEN TON ODEUR.
TU VEUX MONTER ? JEAN EST PARTIE CHEZ DES AMIS.
LA PROCHAINE FOIS AVEC PLAISIR. J'AI ENCORE QUELQUE CHOSE À RÉGLER CE SOIR.

BUFFA
POLIC
SUBSTAT
ELLE EST TOUJOURS PAREILLE.
DÈS DEMAIN LES BULLDOZERS VONT TOUT RASER. IL FAUT PAS QU'ELLE Y RETOURNE. SI ON LA LIBÈRE, ÇA VA MAL FINIR.
JE SAIS PAS QUOI FAIRE.
COUPE LES CAMÉRAS.
ROSE, STOP, STOP ! ARRÊTE, ON VEUT TE LIBÉRER.
IL FAUT LA SORTIR DU WYOMING.
LAISSE-MOI CONDUIRE.
FAITES ATTENTION.

73.

ON VA OÙ ?
JE CONNAIS UN ENDROIT.
PRENDS-MOI UNE CARTOUCHE.
ME FAIS PAS FAUX BOND !
J'AI BESOIN DE CIGARETTES.
J'AI AUSSI PRIS DES GAUFRES. TU N'AS RIEN MANGÉ CE SOIR.

75.

GOODBYE, TOM.
NE ME SUIS PAS. TU TE PERDRAIS.
ROSE !
ROSE !

ELLE EST OÙ ?
AH, OUI. ALORS, HIER, ELLE ÉTAIT INTENABLE. ON VOULAIT L'EMMENER À L'HÔPITAL AVEC TOM. ELLE S'EST BARRÉE.
IL NE TE MANQUE QUE LES VIOLONS, LÀ.
LA CAMÉRA EST ÉTEINTE ?
JE N'EN SAIS RIEN.
BOB, TU N'AS PAS BESOIN DE ÇA AVANT TA RETRAITE.
ON A EU UNE COUPURE. LA CAMÉRA A PAS DÛ SE RALLUMER.
ELLE S'EST VOLATILISÉE. AUCUNE TRACE NULLE PART.
DRIIING !
BOYLE, DIS-MOI.
QUOI ?
COMMENT ÇA, ÇA EXPLOSE DE PARTOUT ?
QUELQU'UN A MINÉ LE TERRAIN DE ROSE. ÇA PÈTE DE PARTOUT.
ET SON CHIEN ?
PROBABLEMENT CHEZ ED.
CONNIE ET BOYLE ONT CRU APERCEVOIR QUELQU'UN CREUSER LA TERRE AU MILIEU DU CHAOS. LA POLICE DE SARATOGA EST SUR PLACE POUR SÉCURISER LA ZONE.
ENCORE EUX ?
77.

TOM, ÇA VA PAS ?
J'AI ESSAYÉ DE LA SAUVER MAIS J'AI TOUJOURS ÉTÉ À CÔTÉ DE LA PLAQUE. JE NE COMPRENDRAI PROBABLEMENT JAMAIS LA MENTALITÉ DES GENS D'ICI.
TOUT N'EST PAS DIT DANS LES WESTERNS.
J'AI BESOIN DE ME RAFRAÎCHIR.

QUAND J'ÉTAIS PETITE, ROSE M'IMPRESSIONNAIT BEAUCOUP.
ELLE N'AVAIT PEUR DE RIEN NI DE PERSONNE, ELLE FAISAIT TOUT COMME ELLE LE SENTAIT.
BON, ELLE AIMAIT L'ALCOOL ET LES HOMMES ET LA FÊTE ET LES ARMES. LA TOTALE.
MAIS QU'EST-CE QU'ON S'AMUSAIT BIEN AVEC JEAN. ON FAISAIT DES SPECTACLES À PAS D'HEURE. ON SE COUCHAIT QUAND ON VOULAIT, OÙ ON VOULAIT. TOUT ÉTAIT PERMIS.
ELLE ÉTAIT FOLLE. MAIS D'UNE BELLE FOLIE. ELLE ÉTAIT LIBRE.
ELLE N'A JAMAIS CESSÉ DE L'ÊTRE.
MON PÈRE EST ARAPAHO. ENFIN, « ÉTAIT ». LUI, LA LIBERTÉ, IL N'EN A EU QUE DES MIETTES. IL S'EST SUICIDÉ.
GRÂCE À ROSE, J'AI RÉUSSI À REMONTER LA PENTE.

TOM, JE VAIS TE RACONTER QUELQUE CHOSE.
JEAN AVAIT UN FRÈRE, JOHN. À CINQ ANS, IL S'EST NOYÉ DANS L'ABREUVOIR DES CHEVAUX. DANS LA TRISTESSE ET LE DÉSESPOIR, ROSE NE L'A JAMAIS SIGNALÉ. POUR TOUT LE MONDE, DU JOUR AU LENDEMAIN, IL A DISPARU. ELLE VOULAIT LE GARDER PRÈS D'ELLE. ELLE L'A ENTERRÉ SUR SON TERRAIN.
LE PETIT CŒUR DE JOHN S'EST FONDU DANS CETTE TERRE, ELLE A DIT.
QUASI PERSONNE N'EST AU COURANT. ELLE N'AVAIT PAS BESOIN DE S'EXPLIQUER AVEC LE MONDE POUR ÇA.
ELLE DEVAIT S'EXPLIQUER AVEC ELLE-MÊME ET C'ÉTAIT DÉJÀ ÉNORME.
MON PÈRE L'A AIDÉE. C'EST COMME ÇA QUE J'AI APPRIS CETTE HISTOIRE.
IL L'AIMAIT BIEN, *DIRTY ROSE*. IL L'APPELAIT AINSI AVEC BIENVEILLANCE. C'ÉTAIT COMME UN NOM INDIEN POUR ELLE.
POUR LUI, ÇA SIGNIFIAIT « QUELQU'UN QUI VA DE L'AVANT ET QUI N'A PAS PEUR DE SE SALIR LES MAINS POUR OUVRIR UN CHEMIN QUE D'AUTRES EMPRUNTERONT ».

JEAN...
SALUT, JEAN.
QU'EST-CE QUI S'EST PASSÉ ? ELLE EST OÙ MA MÈRE ?
ON NE SAIT PAS. ELLE S'EST ENFUIE. ELLE A DISPARU DANS LA NATURE.
ON A RETROUVÉ ÇA DANS SA VOITURE.
JEAN
C'EST MOI BÉBÉ.
AVEC JOHN, MON GRAND FRÈRE.
SI TU AS BESOIN DE QUELQUE CHOSE, DIS-MOI.
VOUS N'AVEZ JAMAIS RIEN FAIT POUR ELLE. C'EST TROP TARD, MAINTENANT.

84.

ROSE ?
ROSE !

♩♪♩♬♩. HIDDEN IN SHADOWS, WHERE SECRETS RESIDE...
...WAITING FOR THE BRAVE TO UNCOVER AND FIND. ♩♪♬♩.
QUELQUES MOIS PLUS TARD.
♬♩♪. TO LIVE IT YOU HAVE TO EXPLODE.
QUOI DE NEUF DEPUIS LA DERNIÈRE FOIS ?
EDITH FAIT DE SON MIEUX MAIS ELLE RESTE AFFECTÉE PAR VOTRE « ACCROCHAGE »...

83.

WILLIAM A FAIT SON COMING OUT. OUI, OUI. TU L'AURAIS CRU ?
JE PENSE QUE LES CHOSES VONT ENCORE BEAUCOUP CHANGER POUR LUI. POUR L'INSTANT, IL EST TOUJOURS AU COMMISSARIAT.
TOM N'A RENCONTRÉ PERSONNE DEPUIS SA RUPTURE AVEC CHUMANI. IL A L'AIR DE SE PLAIRE DANS SA MAISON PARMI LES FANTÔMES. ON SE PREND UNE BUD TOUS LES DEUX DE TEMPS EN TEMPS.
MOI, LA RETRAITE, C'EST PAS TROP MAL. JE PRENDS MES MARQUES, DOUCEMENT.
ET JEAN, OUI, JEAN, BIEN SÛR. ELLE A ACHETÉ LE TERRAIN JOUXTANT TA PROPRIÉTÉ. ELLE A DEUX CARAVANES ET UNE BAIGNOIRE EN FONTE.
ÇA FAIT BOUILLONNER CONNIE, TU T'EN DOUTES.
JEAN A L'AIR BIEN. ELLE SEMBLE T'ATTENDRE.
À LA PROCHAINE, BOO.
84

LD ED RANCH
BONJOUR, ED.
J'AIMERAIS BEAUCOUP TRAVAILLER AU RANCH, AVEC TOI. TU POURRAIS M'APPRENDRE ?

SOWA & BLARY
MAI 2024